ENRIQUE FERNÁNDEZ

BRIGADA

1

SPACEMAN PROJECT

Pour Amelia, la raison de cette folie

BRIGADA #1 / Enrique Fernández

Responsable éditorial : Sandro Mena
Maquette : Sara Porras
Lettrage : Fernando Fuentes (www.fandofonts.com)

Correction des textes : Aurore Schmid
Révision des textes : Jean-Fabien Duclos

ISBN- 978-84-17253-98-1
DL - PM 44 - 2020

www.spacemanproject.com

Et maintenant, Père ?
Où nous emmènera le Voirandeer, avec son brouillard ?
Et le village ? Que deviendra-t-il ?
Si le Voirandeer change tout sur son passage... Qu'adviendra-t-il de notre foyer, de nos gens, et de tout ce que vous avez construit de vos propres mains ?
Écoute, entends-tu ce bruit ?
Des cloches... On dirait des cloches.
Oui, c'est bien cela. C'est Daurin le héros, tout à son éternelle lutte contre la bête.
Il l'attire grâce aux cloches de sa cuirasse pour lui prouver qu'il n'a pas peur, même perdu et aveuglé par son brouillard.

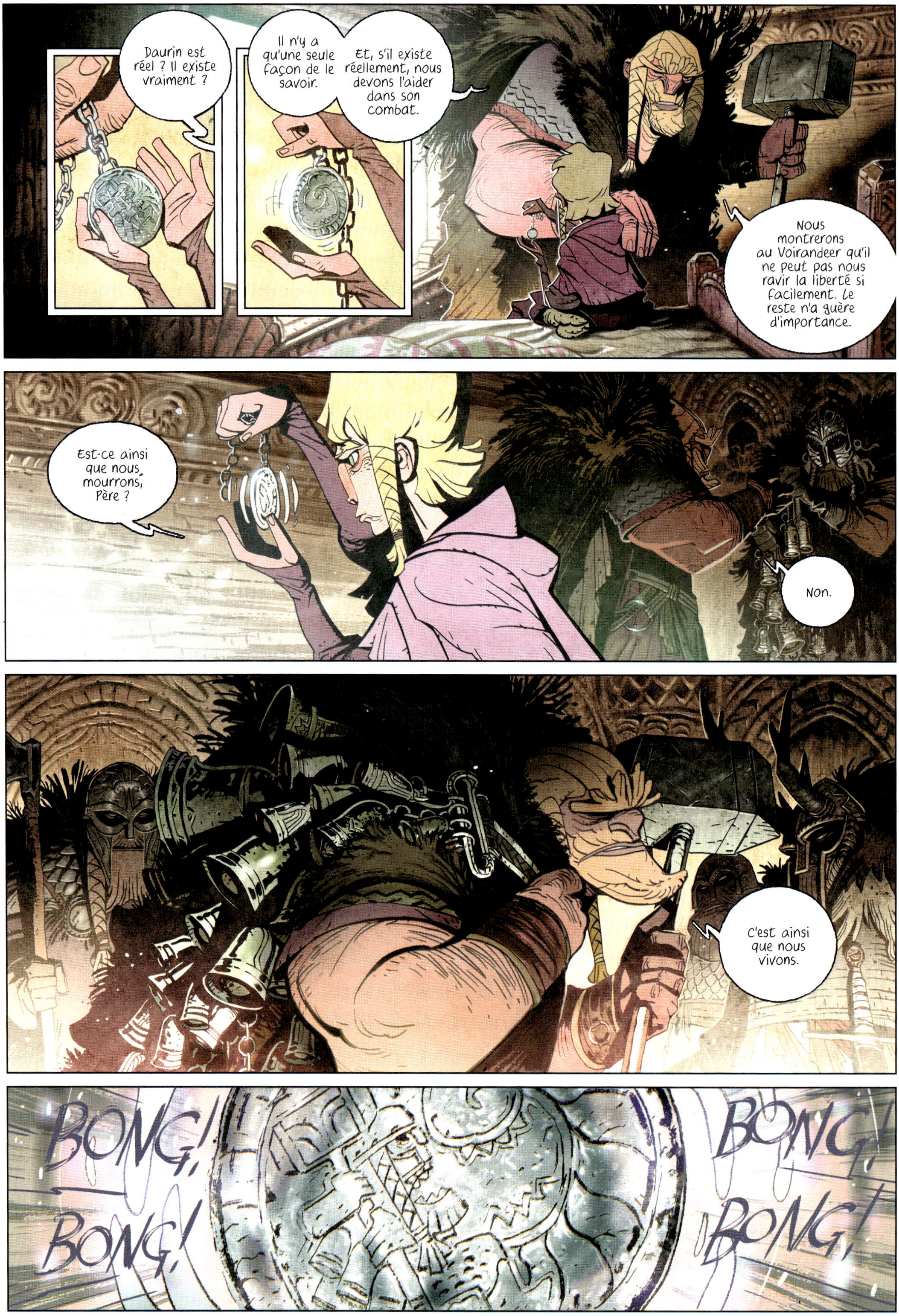
Daurin est réel ? Il existe vraiment ?
Il n'y a qu'une seule façon de le savoir.
Et, s'il existe réellement, nous devons l'aider dans son combat.
Nous montrerons au Voirandeer qu'il ne peut pas nous ravir la liberté si facilement. Le reste n'a guère d'importance.
Est-ce ainsi que nous mourrons, Père ?
Non.
C'est ainsi que nous vivons.
BONG! BONG!
BONG! BONG!

PÈRE !!
Existe-t-il, Père ? L'as-tu vu ?

« Mon vieux maître ne croyait pas aux glorieuses histoires de héros invincibles. Il m'a enseigné qu'une bataille se gagne en maîtrisant quatre facteurs. »
« Le terrain. Les cartes ne servent à rien. Tu dois l'avoir foulé et respiré avant. »
« Ton armée. »
« Tu dois être conscientde ses forces, et surtout de ses faiblesses. »
« Ton ennemi. Il faut comprendre sa façon de penser et d'agir. »
« Et, pour finir, la tactique. Décider quand et comment attaquer. »
« Rien de tout cela n'est utile dans l'étrange fragment d'existence qui nous a été assigné. »
« Et, d'ailleurs, nous ne sommes pas des héros. »

Attendez ici. Je lui parlerai seul à seul.
Je regrette ce qui est arrivé à ta famille, Ivro. Ce n'est pas à toi de supporter cette misère.
Je te suis reconnaissant d'avoir interrompu ta guerre contre les elfes noirs pour venir me consoler.
« Ma guerre ? ». C'est du sarcasme, hein ? Alors, tu dois être en forme. Je ne suis pas bon à tourner autour du pot, donc, voilà....
« Je viens te demander de revenir nous aider sur le front. »
« Le front ?... Il n'y a jamais eu rien de tel, dans cette guerre. »
Il n'y a plus de champ de bataille, ni d'honneur, ni d'idéaux, tout n'est que terre brûlée. Je suis trop vieux pour lutter ainsi.
Non. Tu es un modèle à suivre, l'incarnation des valeurs d'antan, que tout le monde respecte. Nous avons besoin de toutes les troupes disponibles, et nous manquons de gens capables de les guider.
Vous avez enrôlé des enfants, et les avez envoyés mourir. Que vous reste-t-il ? Veux-tu que je prenne la tête d'un bataillon de veuves ?
La brigade de Macson a besoin d'un nouveau capitaine.

Une brigade de dangereux criminels. À quel niveau du dos ont-ils poignardé Macson, déjà ?
Ah, ah, ah ! Officiellement, il est « tombé au combat », mais tes sarcasmes me donnent à nouveau raison. Tu es en pleine forme !
Et si je refuse ?
Eh bien, tu seras enrôlé comme simple soldat dans le bataillon des veuves.
Demain à l'aube, ils t'attendront au plateau sud.
Ils seront en uniforme. J'espère que tu as conservé le tien dans un recoin de cette porcherie.
Dans un sens... Tu as raison.
Je ne mérite pas le fardeau de cette misère.
Ces elfes vont bien rire en nous regardant nous entretuer.

LE VOIRANDEER APPROCHE ! ABANDONNEZ LE VILLAGE !
TOUS DERRIÈRE CETTE COLLINE ! VITE !
Monseigneur Yaibed ! Merci d'être venu nous sauver ! Merci !!
Allez ! Va avec le reste du groupe !
Monseigneur...
Des nains, monseigneur.

Nous avons une patrouille dans la zone. Nous pourrions les intercepter, à condition d'agir rapidement.
Non. C'est le groupe du leader. Les Sœurs les protégeront aussi longtemps qu'ils seront à leur service. Et je ne veux pas d'ennuis avec elles.
Envoie deux guetteurs, qu'ils les suivent pendant une journée... Et si l'un deux se sépare du groupe, qu'on l'attrape.
Et je veux tous les petits jouets qu'ils portent !
« Je ne sais pas quel accord vous avez passé avec ces sorcières, pour qu'elles vous laissent aller et venir partout si librement... »
« ... Mais, lorsque j'aurai réussi à soumettre cette maudite terre de lâches, même elles ne pourront pas me priver du plaisir d'en finir avec la fameuse brigade de Macson. »

As-tu déjà vu un filon si grand et si pur, Ouar ?
Si nous avions eu tout ce matériel plus tôt, nous serions des rois, petit frère.
Tu imagines l'éclat, n'est-ce pas ? Une petite étincelle, et toute la montagne volerait en morceaux.
Qu'attends-tu ? Fais-le ! Tu veux le faire !
Tu crois pouvoir contrôler cette soif à volonté, maintenant ?
Je ne crois pas, et toi non plus, d'ailleurs..
L'éclat, Ouar... L'éclat...
BOOOM !!
Ah, ah, ah !
Laisse-le préparer ses cartes en paix, Erwin.
Limite-toi à ce qui peut servir de référence, Ouar. Ne donnons pas plus d'informations que nécessaire à ces sorcières.
Tu dis que tu ne le fais pas pour eux, mais qui sont-ils, pour toi ? Ils ne te respectent pas, petit frère.
Fais-les briller eux aussi.

Tu l'as déjà vu dans ta tête, tu le vois toujours dans tes rêves, et l'idée t'a plu. Qu'est-ce qui t'en empêche ?
Ils sont là, comme toujours, au sommet du filon.
Que disent-elles ? Une quelconque piste ?
Non... Seulement des instructions sur comment chasser d'autres bestioles, rien de plus.
Argh...
Ramassez tout le matériel que vous pouvez porter. Partons vite d'ici.
Retournons au brouillard.
Voyons où diable il nous mènera, cette fois-ci.
Allons, Ouar. Tous ensemble dans le brouillard à distance d'un soupir.
Maintenant, tu sais où me trouver.
Reviens quand tu veux, cinglé ! Ah, ah, ah !
« Reviens quand tu découvriras que tu es seul, et que tu ne peux avoir confiance qu'en ton frère. »

AH !!
Ne me fais pas peur comme ça ! S'ils me surprennent en train de lire ces livres, ils me puniront à nouveau !
Un os de cochon ? Ça ne fonctionne pas comme ça.
Les os d'animaux de ferme ne possèdent aucun pouvoir spirituel. Les sorcières utilisent les restes de créatures bien particulières. Elles en gardent toute une montagne sous leur palais, et c'est de là qu'elles tirent leur pouvoir.

Même si, apparemment, elles seraient condamnées à rester toute leur vie près de ce dépôt secret, pour ne pas perdre leurs pouvoirs. Ainsi, si un jour nous voulons les voir, nous devrons leur rendre visite.
Ça te plairait, n'est-ce pas ?
À moi aussi. Mais, même si Maman nous laissait sortir du village, je... je ne saurais pas comment aller jusque là-bas.
Si tu traverses le brouillard plusieurs fois, tôt ou tard, tu finis en ville.
Facile à dire.
« Il faut être très courageux pour affronter tout ce que tu peux trouver dans le brouillard. »
« Il faut être un héros. »
« ... Ou quelqu'un comme Père, bien sûr. »
Bon, je vais aller nettoyer les écuries avant qu'on se rende compte que je n'y suis pas.
Si ça se trouve, à force de nettoyer la merde, je deviendrais aussi fort que lui. Mon plan te plaît ? Ah, ah !
Ça prendra du temps. Il faudra être patient ! Ah, ah !
« Et vraiment croire que tout est possible ! »

« Magnifiques. Ils sont vraiment beaux. »
« En les regardant, on peut affirmer que notre lutte contre le Voirandeer et son brouillard chaotique progresse de jour en jour. »
Difficile à dire. Ce ne sont seulement que des fragments sans rapport entre eux. Ces cartes représentent des endroits qui pourraient aussi bien se trouver côte à côte... ou à des lieues de distance.
Les choses continueront à s'éclaircir tant que nous suivrons le plan de repeuplement progressif.
Plus le noyau d'habitants sera important, moins la présence du Voirandeer se fera sentir, et plus la barrière de brouillard reculera. Au fur et à mesure que la ville grandira, nous établirons les connexions entre vos cartes.
Pour l'instant, votre talent pour repérer les veines de la terre est notre unique référence fiable.

Tant que vous conservez ce talent, bien sûr.
Que voulez-vous dire ? Notre race est connue pour sa capacité à lire la terre !
SILENCE !
Dans votre région d'origine, oui. Mais, ici, tout est différent. Le temps passant, certaines capacités finissent par disparaître, on ne sait pourquoi.
C'est ce qui arrive au don des elfes noirs pour la communication avec le monde végétal, par exemple.
Oui, nous en avons entendu parler. Bien que l'on dise que Yaibed le possède toujours.
Il se peut que cela soit ponctuel. Laissons cela. De toute façon, une autre tâche leur est confiée pour servir l'objectif du repeuplement.
Nous voulions aussi vous parler de cela.
Nous avons eu des problèmes avec certains de leurs barrages. Ils ne prennent pas au sérieux nos laissez-passer.
Un jour ou l'autre, nous serons obligés de remettre les choses en place, à notre façon !
HA HA HA HA HA HA HA HA
SILENCE !!
Le capitaine laisse les soldats parler en son nom ?

Depuis que nous sommes sur ces terres, la discipline semble, elle aussi, être un talent qui se perd.
Difficile, dans ces conditions, de savoir si nous sommes un groupe de soldats ou de mercenaires.
Les rangs des elfes sont sûrement touchés par le même mal.
Yaibed a reçu ordre de notre part de vous laisser circuler librement, afin que vous puissiez réunir votre brigade, car cela nous arrange aussi.
Cependant, si certaines de vos unités perdues entrent en conflit avec leurs troupes, nous ne pourrons rien faire pour l'empêcher.
Ces conditions affaiblissent grandement notre accord.
OH, BON SANG ! TRÈS BIEN !
NOUS ENVERRONS UN NOUVEL AVERTISSEMENT À YAIBED, SI C'EST CE QUE VOUS VOULEZ !
C'est ridicule de continuer votre guerre dénuée de sens en ces terres ! Nous devons réunir toutes les ressources possibles, pas nous entretuer !
En parlant de ressources... Avez-vous quelque chose pour nous ?
Aah, magnifique. Un vlestark rarissime. On en trouve très peu.

« Double paye, cette fois. Que les garçons s'amusent en ville. »
TCHINK
Ce n'est pas d'or que nous avons besoin, mais d'informations.
Toi, peut-être pas, capitaine, eux, oui.
Regardez ça ! On va bien s'amuser, aujourd'hui !
Mesdemoiselles, la première tournée sera à votre santé. Quel plaisir de faire affaire avec vous !
Ils n'ont aucun problème pour survivre, chasser ou se nourrir... Mais, tant qu'ils ne sauront pas fabriquer leur bière, vos hommes auront besoin qu'on prenne soin d'eux.
À bientôt, capitaine. Prenez soin de vous, aussi.

« Je ne peux pas l'expliquer, car ça n'a aucun sens. Nous étions en pleine bataille, lorsque le brouillard nous a engloutis, pour ensuite nous recracher dans ce cloaque. »
« Moi, je suis né ici. Mais je sais qu'il est arrivé la même chose à nos ancêtres. Je n'avais jamais vu les vôtres dans cette ville. »
« Nous venons rarement, hélas. Il y avait une autre brigade avant la nôtre, qui faisait la même chose que nous. »
« Et que sont-ils devenus ? »
« On dit qu'ils ont réussi à rentrer chez eux, mais nous ne savons pas comment. Ils ont dissimulé leur savoir un peu partout, pour que nous seuls puissions le retrouver. »
« Alors, ce n'est qu'une question de temps avant que vous trouviez comment rentrer chez vous. »
« Ce n'est pas si simple. Nous n'avons encore aucune piste à ce sujet. De plus, nous essayons encore de rassembler les compagnons égarés. Ce ne serait pas bien de les laisser derrière nous, si nous parvenions à sortir d'ici. »
« C'est très noble de votre part. Vous avez pourtant une réputation de criminels sans scrupules. »
« Nous avons tous dansé du côté obscur, certains avec plus de grâce que d'autres. »
« Et quel a été ton crime, mauvais garçon ? »
« Trop parler, avec trop de gens, et toujours dire ce que je pense. »
« Ooh, ça a l'air dangereux. »
« Si tu ne veux pas te faire de mal, il serait préférable que tu cherches la manière de me faire taire. »

Je ne vois pas l'intérêt, je te vois encore plus petit comme ça.
Retourne-le, idiot.
Oh, dis donc, c'est incroyable !
Vous êtes vraiment très évolués !
.. Bof...
Si tout ce que vous savez fabriquer est à la hauteur de ça, pas étonnant que tu veuilles rentrer chez toi.
Rentrer ? Qui a parlé de ça ?
C'est la prison ou la première ligne en bataille qui m'attendent là-bas, non merci !
Ici, je suis libre. J'ai juste besoin de me poser là où ni mes ennemis ni mes amis ne pourront me retrouver facilement.
Tu crois que la brigade cessera de te chercher ?
Ils y mettront le temps, mais ils finiront par se rendre compte qu'il n'y a nulle part où rentrer, et que l'important est de survivre ici.
C'est une deuxième chance, et une précieuse, pour tout le monde.
Je ne crois pas qu'Ivro puisse contrôler le groupe. Du moins, comme unité militaire sous son commandement. Cette bande d'idiots a déjà ouvertement mis à mal son autorité.

Il les dupera pendant quelque temps avec l'espoir du retour au foyer, jusqu'à ce que lui aussi trouve le moyen de fuir. J'en suis sûr.
FRAP! FRAP! FRAP!
Avec ce brouillard qui recouvre tout, qui s'inquiétera de ce qui arrive aux autres ?
FRAP!
WIIIK!!
FRAP! FRAP! FRAP! FRAP!
FRAP! FRAP! FRAP!

Elle est apparue cette nuit et a tout détruit ! Une bête énorme ! Elle a emporté deux vaches. L'une d'elles était encore vivante.
« Nous avons suivi sa trace jusqu'à une grotte près d'ici, mais nous n'avons pas osé la tuer. Nous ne sommes que des fermiers ! »
« Nous aurions dû partir avec les elfes à la ville quand nous en avons eu l'occasion ! »
« Nous avons parlé aux arbres, comme Yaibed nous avait dit de le faire, si nous avions un problème. »
« C'est pour cela que vous êtes là, n'est-ce pas ? Il vous envoie nous aider ! »
Vous n'avez aucune dignité, vous êtes pathétiques.
PTUH!
Nous allons chasser cette bête. Guidez-nous jusqu'à la grotte.

Vous savez comment la tuer, n'est-ce pas ?
Je veux dire... Vous l'avez déjà fait avant ?
Il paraît.
Éloignez-vous. Cherchez un endroit où vous cacher, comme vous le faites toujours.
Ils sont tous à leurs postes.
En avant, mon garçon. Donne-nous l'avantage.

BOM
CRACK!
Il ne sait plus viser, celui-là ! Allons-y !
Bon sang, Avian ! Recharge, vite !
TAIS-TOI !!
OUAR ! VORO ! EN AVANT !

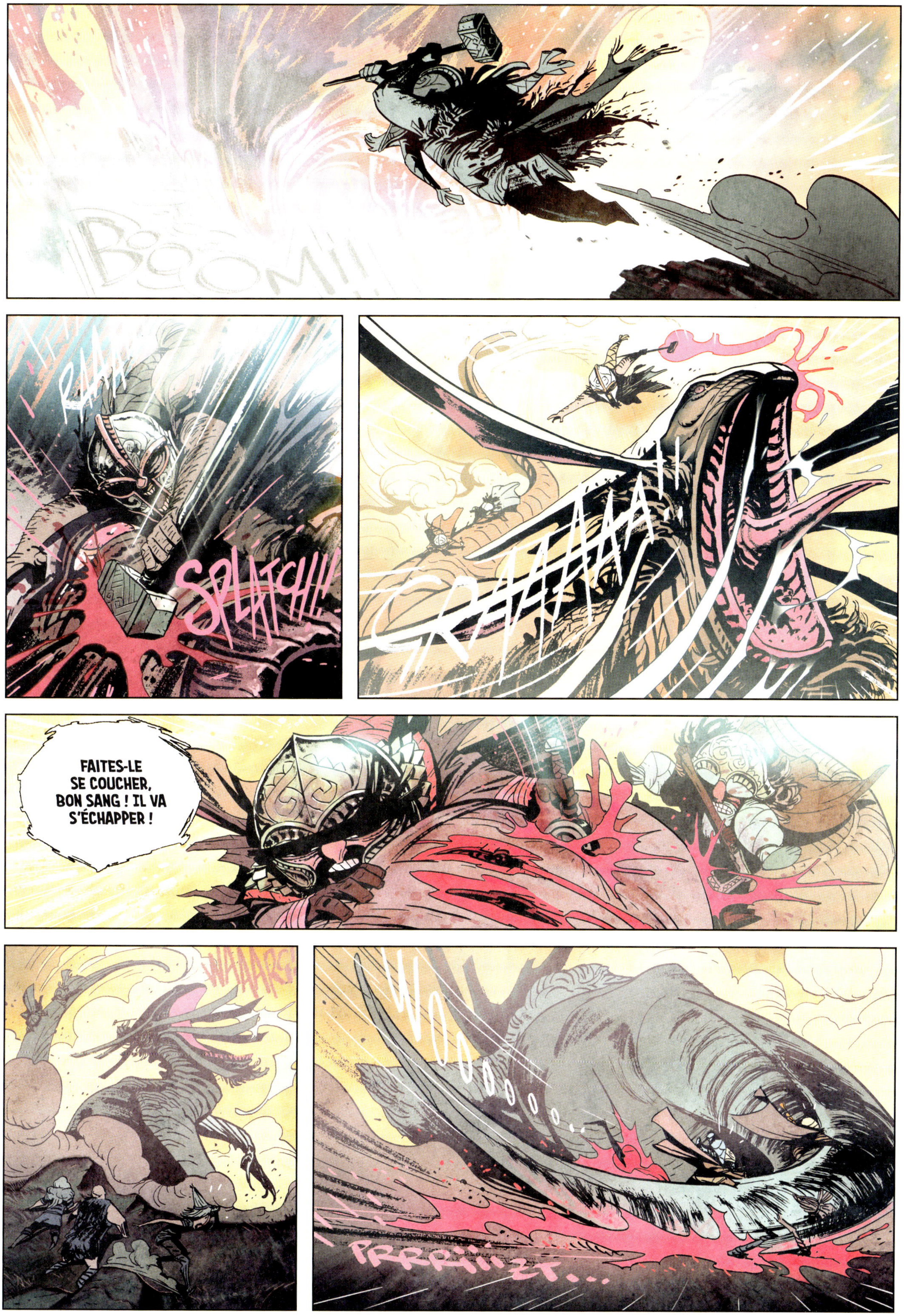
BOOOM!!!
RAAA
SPLATCH!!!
GRAAAAAA!!!
FAITES-LE SE COUCHER, BON SANG ! IL VA S'ÉCHAPPER !
WAAARG
WOOOOOOOO...
PRRRIIIZT...

VEGA !!
LE TALON !!
TCHAC!
WAAAARRG...!!!
BOOOM!
WAAARG...!!
VORO !
SORS
DE LÀ !
PAS
MAINTENANT,
AVIAN !
ATTENDS !
RAAAh...

HA!
GLOUCH!
GLOUCH!
GLOUCH!
HUNF!
Non, non, non, non, non, non...
CRACK

Tu dois recommencer à croire en toi. Tant que nous sommes sur cette terre, nous recommençons tous à zéro. Nous serons ce que nous voudrons être.
Ne me sermonne pas, Ivro. J'ai juste raté deux tirs.
Eh, Avian ! Essaie de l'avoir maintenant.
Ah, ah, ah !
BOM
CRACK!
Ziouuu...
Je t'ai toujours cru innocent, ne me fais pas douter maintenant !
LÂCHE-MOI !
ERWIN, C'EST TON TOUR ! DÉCOUPE-LE !
Quoi ?! Avian n'a qu'à le faire ! Moi, j'ai rempli ma part !
TOUT DE SUITE !
Bon sang...
... Allez, finissons-en vite, avant qu'il se mette à sentir encore plus mauvais et que ça attire un quelconque charognard.
Pour notre première bestiole du genre, on s'en est bien sortis, non ?

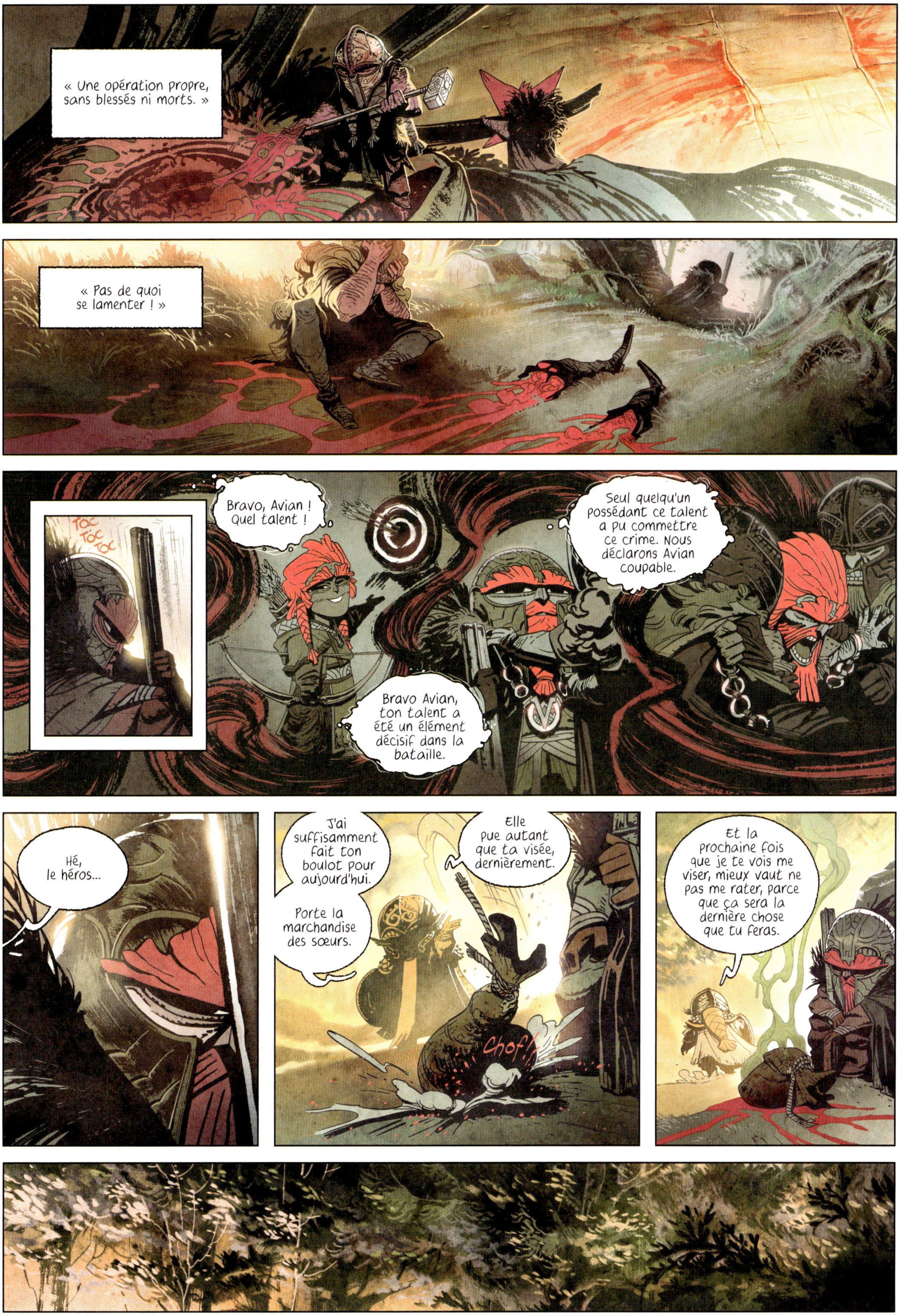
« Une opération propre, sans blessés ni morts. »
« Pas de quoi se lamenter ! »
TOC TOC TOC
Bravo, Avian ! Quel talent !
Seul quelqu'un possédant ce talent a pu commettre ce crime. Nous déclarons Avian coupable.
Bravo Avian, ton talent a été un élément décisif dans la bataille.
Hé, le héros...
J'ai suffisamment fait ton boulot pour aujourd'hui.
Porte la marchandise des sœurs.
Elle pue autant que ta visée, dernièrement.
Chof !
Et la prochaine fois que je te vois me viser, mieux vaut ne pas me rater, parce que ça sera la dernière chose que tu feras.

Je ne vous comprends pas...
Je vois vos messages, mais je suis incapable de les interpréter.
Ils sont trop complexes.
Il y a trop d'informations incompréhensibles ! M'avertissez-vous de quelque chose ?
Vous ouvrez la bouche et criez, mais je n'entends rien !
ARRÊTEZ DE CRIER !
ARRÊTEZ DE CRIER !!

Commandant, que vous ont-ils dit ? Avez-vous un message ?
Ils disent... Ils disent que...
... Ils sont fiers de nous... ils continueront à nous aider.
Ils nous aideront en sacrifiant leurs frères comme jusqu'à maintenant, pour stopper le Voirandeer.
Mais ils m'ont prévenu que nous ne devons pas rester ici.
La bête avance par...
... par là.
Laissez-moi seul, je veux leur transmettre un dernier message.
TCHAC!
CRACK!
Vous criez, maintenant ! Vous criez pour ça ?
Je vous ferai crier, moi... Jusqu'à ce que tout le monde vous entende.

AAH !!
CLONG!
CLONG!
CLONG!
Ah ! Quel désastre !
Je ne pourrais pas être plus maladroit !
Qu'y a-t-il, Senda ? Que vois-tu ?
Nous ne devrions même pas nous approcher de cette porte.
TWONG ! TWONG !
Hum...
Ouvre donc cette porte, gamin. Nous avons besoin de votre forge, et c'est urgent.

« Je ne suis pas partie plus d'une demi-journée, et, quand je rentre, une bande de nains s'est installés comme si c'était chez eux, dans ma forge, à ma table. »
« Et qui les a laissés entrer ? Mon propre fils. »
Je ne les aime pas, et nous ne leur plaisons pas non plus.
Ils amènent la guerre. Ils n'enlèvent même pas leurs casques pour manger.
Ils n'ont pas le droit. Pas tant qu'ils sont en pleine bataille.
Leur tradition raconte que, s'ils les enlèvent sans avoir résolu le conflit dans lequel ils sont impliqués, leurs corps se changent en pierre.
Tu as recommencé à lire les livres de ton père !
OÙ LES CACHES-TU ? PARLE !!
Vous n'êtes bon qu'à remuer la lie des cochons, et c'est ce que vous ferez pour le restant de vos jourss !
BLAM!
Continuez à lire les fantaisies et folies de votre père, mais, moi vivante, vous pouvez être sûrs que je ne vous laisserai jamais marcher dans ses pas.

Si je ne me trompe, ce mélange d'éléments, dans cette quantité, pourrait nous faire voler en éclats.
Je me trompe ?
RÉPONDS ! JE ME TROMPE ?
Il ne va pas te répondre.
Il est muet ?
Franchement, je ne sais pas. Es-tu muet, Ouar ?
HA HA HA HA HA HA
C'est moi qui commande. Ne parlez qu'avec moi.
Très bien, alors, finissez votre dîner, rassemblez vos affaires et déguerpissez. Notre hospitalité a ses limites.
Nous ne nous sommes pas compris. Quand je dis que je commande, je parle du village entier. Vous comprise. C'est temporaire, bien sûr, mais c'est notre seule option si vous ne disposez pas de hiérarchie militaire.
DE QUOI PARLEZ-VOUS ?! CES HABITANTS SONT À MA CHARGE ! JE PRENDS SOIN D'EUX ! NOUS N'AVONS PAS BESOIN DE VOUS !

Capitaine, je pensais que nous étions entrés ici pour nous réapprovisionner, pas pour organiser une ligne de défense.
Le brouillard s'épaissit. Le Voirandeer vient par ici. Si vous voulez vivre demain, vous ferez ce qu'on vous ordonne.
Oui, je le pensais aussi. Nous sommes comme les elfes, maintenant ? Nous protégeons les humains ?
D'ailleurs, pourquoi Voro sait-il quelque chose que nous ne savons pas ? Parce qu'il est à moitié humain ?
JE VAIS TE TUER !!
Une armée, ça ? Ces racailles sont supposées nous aider ?
Pendant que vous étiez absente, j'ai donné des instructions aux habitants afin de préparer la défense. Au vu de la vitesse de progression du brouillard, il sera là demain à l'aube. Une nuit intense nous attend.
Le brouillard s'est déjà rapproché auparavant, mais n'a jamais dépassé la muraille. Nous avons toujours été à l'abri du Voirandeer.
Je ne le répéterai pas, déguerpissez tout de suite.
Ce n'est pas le Voirandeer qui m'inquiète, mais son troupeau.
KLUNK
BRROOOOM!!

WRAAAH!!
CRUNCH!
BOM!
BOM!
BROOOM...
BROOOM...

« Le troupeau. »
« Le Voirandeer attrape toutes sortes de créatures et de bêtes dans son brouillard, mais seules celles avec un minimum de lucidité sont capables de sortir de son piège à volonté. »
« Le reste est composé d'espèces violentes et effrayées, qui ne comprennent pas où elles sont et qui, tout simplement, fuient en avant, détruisant tout sur leur passage. Elles courent pour échapper au Voirandeer quand elles sentent sa présence. »
Les premiers à apparaître sont toujours ceux-là, les Baidaris. On les appelle «les hérauts du Voirandeer», car leur présence annonce l'arrivée imminente de la bête.
Je crois qu'ils arrivent les premiers parce qu'ils sont les plus rapides du troupeau.
Les plus forts sont plus lents, mais ils viendront de la même direction.
PRÉPAREZ UNE BARRICADE À CETTE PORTE !
SUIVEZ LEURS INSTRUCTIONS ! BOUGEZ-VOUS, VITE !
Quel beau tir, Avian ! Où visais-tu ?
Laisse tomber les blagues. Si ça te gêne de ne pas avoir été le héros, fallait faire attention. C'était ton tour de garde.
Et susceptible avec ça... Hé, Ouar ! Prépare une double ration de tes gâteaux. Nous restons là cette nuit, nous aurons tous l'occasion de jouer les héros.
Oui, allons-y ! Suivons les ordres de notre capitaine.
Ne bouge plus.
Toi et moi, il faut qu'on cause.

Avec son casque et tout. Nous ne voulons pas qu'il se change en pierre ! Ah, ah, ah !
CLONG
Vous ajouterez aussi les os du capitaine dans la soupe ?
J'espère que vous ne serez pas idiotes à ce point.
Tu ne devrais pas t'éloigner autant de ton lit. Si tu venais à tomber, ce serait une tâche extrêmement désagréable que de ramasser la poussière de tes os partout dans le palais.
Mes os restent bien soudés, ne vous inquiétez pas pour eux. Bien qu'il faille avouer qu'ils ne sont pas aussi brillants que la peau de mes chères sœurs.
Nous travaillons toujours à améliorer le sort que tu as créé et qui t'a mis dans cet état. Tu ne voudrais pas rejeter sur nous la faute de ce qui fut le fruit de ta seule imprudence.

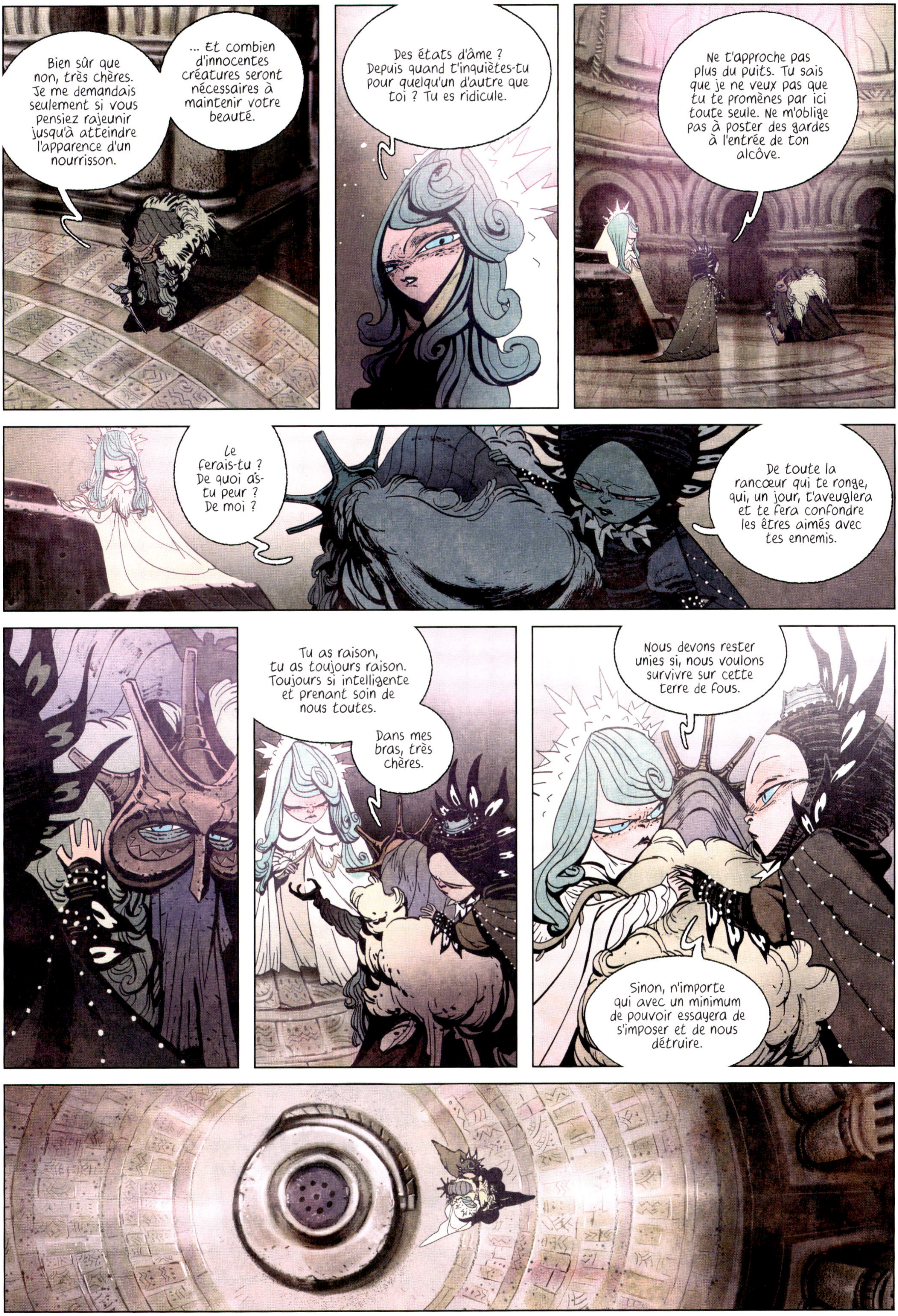
Bien sûr que non, très chères. Je me demandais seulement si vous pensiez rajeunir jusqu'à atteindre l'apparence d'un nourrisson.
... Et combien d'innocentes créatures seront nécessaires à maintenir votre beauté.
Des états d'âme ? Depuis quand t'inquiètes-tu pour quelqu'un d'autre que toi ? Tu es ridicule.
Ne t'approche pas plus du puits. Tu sais que je ne veux pas que tu te promènes par ici toute seule. Ne m'oblige pas à poster des gardes à l'entrée de ton alcôve.
Le ferais-tu ? De quoi as-tu peur ? De moi ?
De toute la rancœur qui te ronge, qui, un jour, t'aveuglera et te fera confondre les êtres aimés avec tes ennemis.
Tu as raison, tu as toujours raison. Toujours si intelligente et prenant soin de nous toutes.
Dans mes bras, très chères.
Nous devons rester unies si, nous voulons survivre sur cette terre de fous.
Sinon, n'importe qui avec un minimum de pouvoir essayera de s'imposer et de nous détruire.

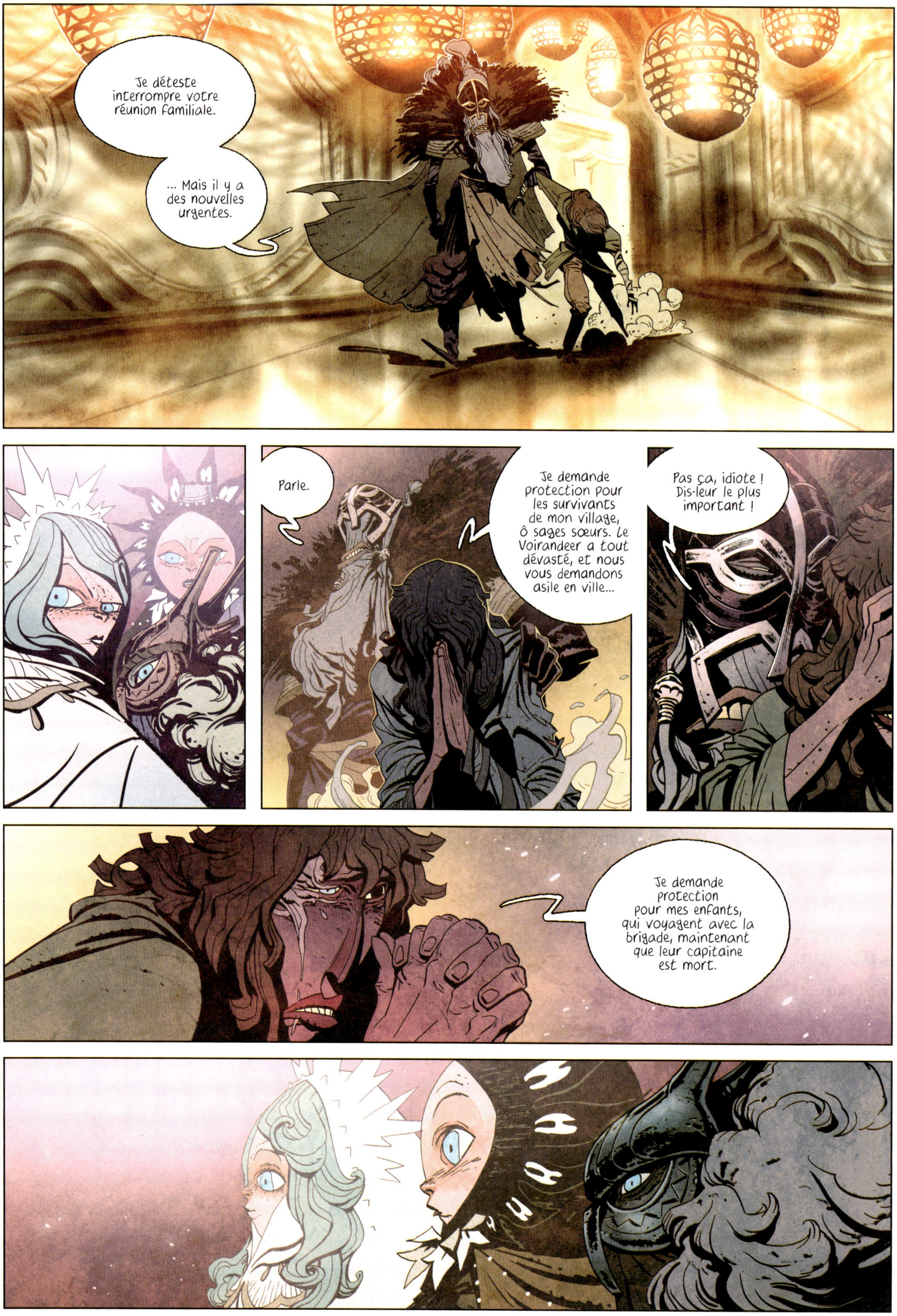
Je déteste interrompre votre réunion familiale.
... Mais il y a des nouvelles urgentes.
Parle.
Je demande protection pour les survivants de mon village, ô sages sœurs. Le Voirandeer a tout dévasté, et nous vous demandons asile en ville...
Pas ça, idiote ! Dis-leur le plus important !
Je demande protection pour mes enfants, qui voyagent avec la brigade, maintenant que leur capitaine est mort.

Ivro m'a donné ça pour vous, hier.
Qu'y a-t-il d'écrit là ? Tu sais lire ?
« À la brigade de Macson, ou ce qu'il en reste. »
C'est quoi, ça ? Une sorte de testament ou un truc du genre ?

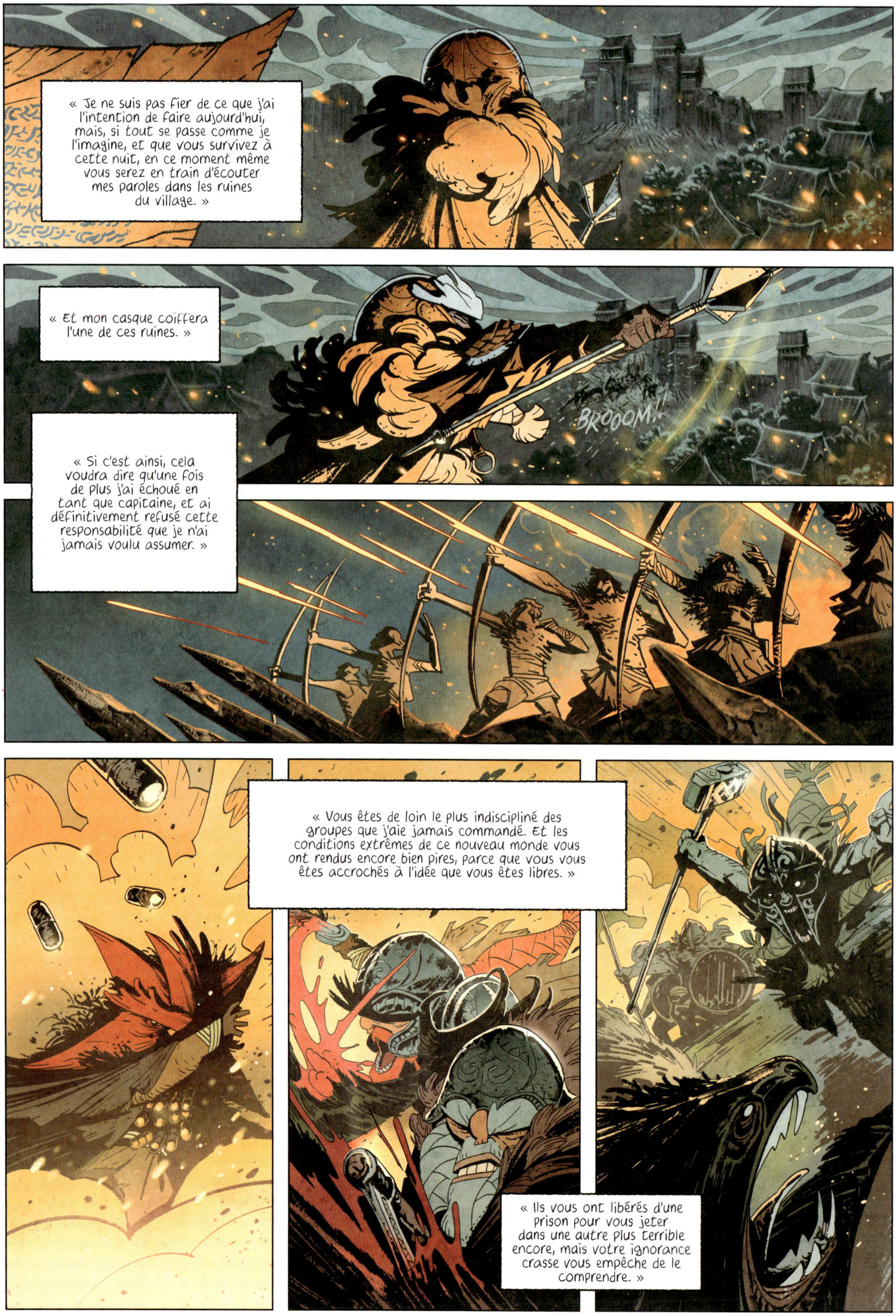
« Je ne suis pas fier de ce que j'ai l'intention de faire aujourd'hui, mais, si tout se passe comme je l'imagine, et que vous survivez à cette nuit, en ce moment même vous serez en train d'écouter mes paroles dans les ruines du village. »
« Et mon casque coiffera l'une de ces ruines. »
BROOOM!!
« Si c'est ainsi, cela voudra dire qu'une fois de plus j'ai échoué en tant que capitaine, et ai définitivement refusé cette responsabilité que je n'ai jamais voulu assumer. »
« Vous êtes de loin le plus indiscipliné des groupes que j'aie jamais commandé. Et les conditions extrêmes de ce nouveau monde vous ont rendus encore bien pires, parce que vous vous êtes accrochés à l'idée que vous êtes libres. »
« Ils vous ont libérés d'une prison pour vous jeter dans une autre plus terrible encore, mais votre ignorance crasse vous empêche de le comprendre. »

« J'ai essayé de rassembler autant d'entre vous qu'il était possible pour assurer notre survie, pour nous apprendre à tous et le plus rapidement possible comment fonctionne ce nouvel environnement, et découvrir comment mieux nous y adapter. »
« Manœuvres, tactiques, ressources utiles en situations hostiles. La force du groupe basée sur la mise en avant des meilleurs individualités... Les vieilles valeures dans lesquelles j'ai été élevé. »
« Je vous ai profondément étudiés. Et j'ai du mal à ne pas me dire que vous êtes des cas désespérés. »
« Pire encore : votre seule ambition se réduit à obtenir suffisamment de monnaie pour la prochaine bière. »
« Vous êtes parvenus à me conduire à vous haïr. Chose que même mes pires ennemis n'avaient pas réussie. »

« Tout cela n'a plus d'importance. Vous ne m'importez plus. Et, grâce à cela, je me sens bien. »
« J'ai vécu tant de batailles que j'aurais dû mourir cent fois. Pourtant, seuls mes proches, ceux qui un jour ou l'autre ont compté pour moi, meurent. »
« Aujourd'hui, je vais prendre une décision qui changera mon sort. »
« Aujourd'hui, je vais me lancer dans les bras du Voirandeer, et, avec un peu de chance, j'aurai le temps de lui cracher à la gueule juste avant qu'il puisse éparpiller les morceaux de pierres en lesquels mon corps se sera transformé. »
« Je ris rien que d'y penser. Et c'est une chose qui ne m'était pas arrivée depuis bien longtemps. Aujourd'hui, je franchirai le pas qui déterminera mon futur et me donnera la liberté. Et vous concédera la vôtre aussi. »
« Bonne chance. »

C'est tout ?
Il m'a dit... Il m'a également fait part de la possibilité de...
J'ai lu beaucoup de livres anciens, je connais les histoires de toutes ces terres et des êtres qui les peuplent. J'ai également feuilleté certains des documents que l'ancienne brigade vous a légués, alors, je crois...
... que je peux vous être utile.
Ivro t'a demandé de venir avec nous ?
Il a juste suggéré que je pourrais vous aider.
Tu sais lire. C'est important. Le garçon bizarre vient avec nous.
Pour aller où... ?

En résumé, après la mort de son capitaine, la brigade redevient ce qu'elle était : un groupe de dangereux hors-la-loi.
Nous devrions réviser certaines conditions et privilèges, et agir le plus rapidement possible.
Avant, tu as dit « enfants », au pluriel. Combien sont-ils avec la brigade ?
Ils sont deux. Mon fils, Loon, dont je vous ai déjà parlé. Et ma fille, Senda. Il est très important pour elle d'arriver en ville et de connaître les sœurs.
Elle croit qu'ici elle pourra trouver les réponses à certaines visions qu'elle assure avoir, et que les sœurs dans leur grande sagesse l'aideront.
Intéressant...
Bien sûr. Nous ferons tout ce qui est en notre pouvoir pour protéger la brigade et la vie d'êtres aussi précieux que Senda. Nous sommes impatientes de la recevoir dés son arrivée en ville.
Nous sommes certaines que ses questions seront aussi intéressantes que nos réponses, si ce n'est plus.
En outre...
« ... il serait injuste de ne pas aider quelqu'un à développer pleinement ses dons naturels. »

Ceci appartenait à ton père. Il savait que, tôt ou, tard, je devrais te le donner.
J'espère que ça aura un sens pour toi.
L'emblème de sa famille ! Cette image représente notre forme de vie.
Trop d'éclat.
Libres !

À suivre dans *Brigada 2.*